아직도 고막을 두드리는 목소리

아직도 고막을 두드리는 목소리

탈후반기 14

시지선

■ 서 문

　또 한해의 *끄트머리*에서 탈후반기 동인지 제 14집 '아직도 고막을 두드리는 목소리'를 상재한다.

　동인 모두와 기쁨을 나눈다

　김경린 선생께서 1950년대에 몸담으셨던 '후반기' 동인의 맥을 이어 모더니즘 운동을 당부하시며 '탈후반기'라는 이름을 지어주신지도 어언 15년, 동인지 제 14집을 발간하며 새삼 감개에 젖는다.

　이번 동인지에는 초대시로 김경린 선생님의 대표작 중의 하나인 '차창'을 싣는다. 역시 명시는 시공을 초월함을 실감한다.

　또한 초대시인 문효치, 이길원, 가영심 제씨들에게도 감사를 드린다.

　끝으로 우리의 동인지가 아직도 고막을 두드리는 목소리로 존재하길 기원하며 동인 모두의 문운과 건강을 빈다.

2004년 12월　어느 날 자란로에서

탈후반기동인 회장

차
례

탈후반기동인 주소록

차창車窓

나는
수족관에 온
한 마리의 어족
미끄러지는
바깥세계가 뿜는 향수로
안경은 차웁다.

선운리
— 미당의 묘

저승은 거기에 있더이다
둥그런 산이
물 밑에 잠겨 있고
산 밑에
짧은 다리를 건너서
아지랑이 일렁거리며
가슴 한 쪽 간질여 주는
아득한
유년의 기억 속에
눈 덮여 묻혀 있던 곳
시인의 나라
바람 속에도 비릿한
살내음을 풍기고
햇빛 속에서도
풍금 소리 울리는
당신의 나라
거기 언덕 비알에
풀잎 만지작거리며
앉아 있더이다.

서호西湖*의 노을처럼

우리 서호의 노을처럼 살자
새벽안개 가르며 이슬을 녹이는
찬연한 빛깔이 아니라
바람에 일렁이는 갈대 숲 그늘 어디선가
푸드득 물새 나는 저녁 어스름
서호에 내리는 노을처럼
보일 듯 보일 듯
조금씩 다른 빛깔의 미소로

우리 서호의 강물처럼 흐르자
물보라 일으키는 도도한 강물이기보다
청둥오리 쉬어 가는 갈대 숲 만들며
날마다 빛깔을 달리하는 노을을
등에 지고 가는 서호의 강물처럼
멈춤 듯 소리 없이

세상의 언어가 아무리 혼탁해도

서호의 강바람에 귀를 놓으면
물새들 지저귀는 사랑이야기
간간이 묻어나고
먼 하늘 돌던 바람을 삼킨 노을은
북소리 되어 가슴을 울릴텐데
이 눈빛 어디로 가리오

---

* 옛날에는 한강을 호수로 보았다고 한다. 그래서
상류는 동호(東湖), 하류는 서호(西湖)라 했다 한
다. 내가 이주한 한강변 출판단지 하류는 서호(西
湖)인 셈. 서호의 석양은 아름답다. 노을은 날마
다 색깔을 달리하고 있다. 그토록 오래 보아온 노
을이 이렇게 날마다 다른 빛깔의 아름다움으로 가
슴을 울릴 줄은 여기에 와서 알았다.

백목련

세상 모든 것들
다 잠들어도
그대 잠들기만을 기다려
홀로 깨어 있는 우주

지구 저편 어디쯤에서
넘치고 넘치는
눈부신 달빛 어둠에

반 영혼 채우지 못하는
시간의 끝에서
적막 심장마다
하나씩 피어나는

오 이승의 단 입술로
그대와 만나
그대를 적시며

빈 가슴을 여는
그대
흰 목련 꽃잎

느티나무
괴물
투득透得
가을에
그리움이 없을 때 그리운

경기포커스 편집부장, 한국사진신문 편집국장, 이음새 편집인,
민주시민지도자교육협의회 출판국장, 고양시바른선거시민모임 홍보위원장,
한나라당 · 새천년민주당 고양시장 후보경선 선거관리위원회 위원.
「시현실」지(1999년)에 시 발표를 통해 문단 활동.
작품집(공저) 「뭍과 섬」 「꽃을 보면 꽃이 된다」 「빛난시 2004」 외 다수.
현) 도서출판 시지시 대표.
  높푸른고양21 위원, 중앙출판문화연구원 · 고양문화포럼 회원.

느티나무

그가 내 차 앞을 지나치다말고 다가온다.
차문 열고 내디딘 내 발 밑에서 휴지를 주
워든다. 멈칫거리며 목례를 했는데 땅만 두
리번거리며 지나간다.
솔개가 병아리 낚아채듯 멀리 떨어져 있
는 쓰레기를 주우며 걸어간다.
이 거리에 언제나 느낌표처럼 서 있던
조팔푼이!
그 동안 여러 번 탈바꿈해 온 이 거리로
빵집 아줌마 싸움질 소리, 석류알 터지는
소리, 유도관 기합 소리, 유리창에 부딪히던
달리아 빛 소리들이 한꺼번에 왕왕거린다.
지금, 이 순간이 금이 간다. 그 틈으로 과
거가 쏟아져 들어온다.
마을이 기우뚱거린다.
그가 동구 밖에 우뚝 서 있었다.
아이들 돌팔매질에도 꿈쩍도 하지 않고
마을이 떠내려간다.

금빛 가루를 뿌리며 시간 속으로 떠나간다.

"지금은 어엿한 공무원 아이가, 개가 시청
미화반에 다니고부터는 우리 마을에 휴지쪼
가리 하나 안 띤다카이. 개가 또 얼마나 큰
효자인 줄 아나. 이 세상에 개 같은 애는
둘도 없느니라."
　이웃에 사시는 친척 아지매가 자기 아들
인양 신나게 자랑한다.
　"그 집 애비가 죽고 나니 개가 180도 달
라지더라 카이! 애가 좀 모자란다고 그 좋
은 애를 글쎄 눈앞에 얼씬도 못하게 했으
니…, 생각할수록 원, 쯧쯧!"

괴 물

시간을 빽빽이 메워가던 내 생각이
끝내 그 시간을 뚫고 나가
한 여자의 생각 속으로 스며든다

아지랑이가 인다

눈을 비비며 쳐다본다
괴괴하게 생긴 형체가 어른거린다
눈을 부릅뜨고 한발 한발
마음 졸이며 다가가는 나를
갑자기 덮치는

아지랑이가 걷힌다

그 여자의 생각이
내 생각 속에서 굴러다닌다

투득透得*

이 세상과 다른 세상의 경계로부터
어머니가 차려준 점심을 먹었다.
아침, 저녁, 점심…….
끼니들을 쌓아서 만든
까마득한 높이에
내가 아찔하게 매달려 있다
내 몸뚱아리가 자꾸 커진다
꿈이 부풀어 오·르·ㄴ…, 아~악
투득
굴러 떨어진 낯선 도시의 변두리에
내가 집을 짓는다
끼니를 늦추며 건너뛰며 주춧돌을 서까래
를 구하려
가을 어느 들로 산으로 쏘다니는
내 정신머리 속으로 알밤 하나
투득, 굴러 떨어진다

---

* 사전적 의미로는 '막힘없이 환하게 깨닫는다.'는 뜻임.

가을에

빛들이 아우성치는 놀이터에서
낙엽으로 마르던 나는
잃어버린 기억 하나 찾으려 길을 나선다
그 길목에 우두커니 서서 말 대신
언제나 송진을 게워내던 소나무가 운다
울음소리가 엉엉 파도친다
나는 파도에 휩쓸려 산기슭에 처얼썩
포말로 하얗게 부서져
햇살 한 줄기에 걸려든 나를
누군가가 부른다
창공으로 솟구쳐 오르며 뒤돌아보니
빈들에서 몸을 말리고 있던
산들바람들만 웃으며 쳐다본다

그리움이 없을 때 그리운

이사 온 집 옆집 여자애가 다가와
등을 들이댔지

이를 어쩌지 남녀가 유별인데
멈칫거리는 내 손목 잡아당겨 업었지

바라보는 눈빛을 까맣게 태우는
뭉게구름으로 여름 하늘로
첫 설렘이 떠올랐지. 두둥실~
그 어떤 감독도 연출하지 못한 장면이었지

학교운동장으로 가서
세 살짜리 남자와 사귀던
초등학교 1학년 그 춘양

그리움이 없어질 때마다 나타나는
생각나지 않는 여자

김미현

밤
섬 1
연인 1
노르웨이의 숲
저 바람을 기억하지 못 하나요

전북 정읍 출생
문예한국 등단
한국신시학회 회원
시집 「그 남자는 오늘 오지 않는다」

밤

그러나 달은 없다
마술사의 모자 같은 어두움 그 검은 바위
사이로
거짓말처럼 솟아나는 반짝임
- 별 -

호흡의 흔적들이 단추를 누를 때 지구는
그림자를 벗는다 길을 가로막고 고함을 지
르던 바람도 지금쯤 어느 골목에 날개를 접
었을까 이미 풀어진 실타래를 다시 감으면
그녀의 삶에도 이렇게 달은 떠오르고 어둠
을 밀어내며 오랜 희망들도 걸어 나온다 퇴
화해버린 그의 겨드랑이 사이엔 근질근질
날개가 퍼득거리기도 하는
그림자 밖으로 모든 꿈들은 번쩍 손을 든
다

섬 1

내일은 오늘을 견뎌내는
외로운 사람들의 꿈과 같은 것

오늘도
나의 눈은 먼 곳을 바라본다
붙박이장처럼 꼼짝할 수 없는 몸
고개를 묻은 채 외로움을 쪼개면
바다는 말없이
하늘을 씻어내고 있다

산다는 건
한 조각 뜬구름들의 모임 같은 것
그 구름들이 흩어지는 날
살아온 날들은
현상하여 바람처럼 걸어두고
이제 자유롭게 날아갈 수 있을 테지
가슴에 둥지를 튼 꽃씨 하나
작은 섬에 가둬 놓고 길들이는

어떤 존재의 깊은
눈 속으로 걸어 들어가고 있다

낯익은 얼굴 하나
제 갈 길을 가고 있었다

연인 1

전화기의 혼선된 잡음 속으로
고함을 지르듯 그가 달려온다

(너의 바다에 이 어둠을 던져버리고 싶다)

해풍과 육풍이 교차하는 시각
그녀의 발목에 지느러미가 솟는다
따뜻한 호흡 부레를 가득 채우고
뜨거운 늪지대를 헤엄치기 시작한다

고통은 뒤돌아 햇살을 끌고 온다

물주름의 단추를 푼다
상큼한 비릿내음
(언제가지 썩지 않을)
비늘이 더욱 눈부시다

노르웨이의 숲

프라자호텔 커피숍
그녀는
무라카미 하루키의
숲 속에 갇혀 있다

길을 찾지 못하는 주인공들의
제자리 걸음소리
나뭇잎 하나
그녀의 커피잔에 동그라미를 그린다

당구를 치면서
때로는 브래지어 끈을 내리면서
그들은 왜 죽음을 생각해야 하는지
안개의 치마폭에 침전되는 기타의 선율
책장을 넘길 때 그녀의 손끝이 떨리고 있다
진정
이 숲 속엔 한 줄기의 햇살도 스며들지
않는지

- 김○○씨 카운터 전화입니다 -

튕겨져 나가는 기타줄
그녀는 숲 속을 빠져나간다

저 바람을 기억하지 못 하나요

서로는 아무런 말도 없다
첼로의 낮은 선율은
가슴 깊은 곳으로 손가락을 밀어 넣고
우연한 조각들이 모여
강물은 흘러가는 거라고 속삭인다
쓸. 쓸. 함.
가는 물결에 물안개를 피워 올리는 강
흙먼지 속 우두커니 서 있던
어머니의 얼굴이 그날처럼 흔들린다
한 바구니의 햇살들이
옷을 벗어놓고 달아난다
강은 온통 은빛 날개의 퍼득거림
첼로의 선율은 강물이 되어 흘러간다

넌 누구지
저 바람을 기억하지 못하나요
언젠가 당신 곁을 그리고 내 곁을 스쳐온
저 내음

이미
당신은 잘 알고 있답니다
마치 내가
당신의 향기를 기억하듯이

박
정
애

기차를 타고
가을 모기
첫사랑
그리움으로 쓰는 시

문예한국으로 등단
시오름, 현대시인협회 동인
시집 「당신은 바람」 「나는 이끼」 「봄 언덕에 올라」
　　「새벽 열차는 아름답다」
현재 동작구에서 한독 약국 경영

기차를 타고

빗방울이 햇발같이
콘크리트 바닥에 떨어진다
부서져 담을 수 없는 추억 알갱이
발 벗고 뒹굴뒹굴
공처럼 둥글둥글

꽃이 뿌리를 잊고 사는 일
나무가 생(生)가지를 떨구는 일
소혹성 어디쯤에
기중기가 짐칸을 부려 놓았구나

그럴 수만 있다면
굴참나무가 지하 수십 킬로미터로
도토리를 떨구듯
가을걷이로 박잎을 거두듯
기억의 뿌리를 줄줄이 말아
흙 속에 묻을 수만 있다면

바다에 둘 매달고

던질 수만 있다면

하지만 아직도
추억의 열차에 너를 태우고
밤인 듯 낮인 듯
현재인 듯 미래인 듯
끝없이 흔들리며 가고 있다

가을 모기

1.

가을까지 살아있는 모기는
슬픈 모기라고 한단다
모깃불은 피우지 않는 법
불쌍하기 때문이지(다자이 오사무의 잎에서)

2.

그녀는 뜨거운 피를 좋아한다
볼록해진 배를 가누지 못하고
사정없이 얼굴, 목, 귀까지 달려든다
아무리 이불을 뒤집어써도
틈은 분명히 있는 법
손으로 때리려고 하면 비명까지 지르는 그녀

3.

틈이라면 분명히 떠오르는 식물이 있다
척박한 땅에 얼굴 부비는
민들레, 명아주, 질경이, 쑥, 씀바귀
명아주는 수호신인양

어느 건물 입구에 서 있다

4.
보고 싶음, 그리움
그것을 시한폭탄이라고 불러야 할까
그녀는 당장 사람의 피를 대령하라고 소
리 지른다
폭탄을 만들 때가 있으면
지금은 폭탄을 던질 시간
탈영병 아무개처럼
그녀의 몸에 붙은 뾰족한 시한폭탄
째깍째깍
사람들이여! 무서워도 할 수 없다
나는 지독한 모기

첫사랑

빨간 불가사리가
바다에서 올라오고 있었다
별 같기도 하고
아기의 손바닥 같기도 했다
떨리는 손으로
그 손을 잡았다

말간 하늘엔
갑자기 번개가 치고
바다는 수천수만의 백마를
뭍으로 내보내고 있었다

그렇다
바다의 신이
노여워한 것이다

모양은
펜던트 같기도 하고

심장의 냄새 같기도 했다

그녀가 집에 간다고 간다고
그렇게 많이 수신호를 보냈는데도
잡지 못하고
바다로 보냈을 때

그녀의 허물을 훔치지 못하고
심장을 떼어놓지 못하고
그대로 보낸 것이 후회막급이었다

그해, 그 이듬해
아무리 바닷가에 나가
그녀의 이름을 불러보아도

그녀는 미지근한 물 위로
다시는 얼굴 내밀지 않았다
거북이처럼 느릿느릿
바다 위로 걸어 나오지 않았다

그리움으로 쓰는 시

꺾어도 꺾어도 무성히 자라던
물망초
나 그대 꺾지 않을 때에
더 이상 자라지 않았네

그대를 부둥켜안고
비를 맞고
눈을 맞고
울 때

새싹 돋아
희망을 꿈꾸고
흰 옷을 입고
웃을 때

그대 더 이상
꽃이 아니겠지요.

묘적사*

연못엔
수련이 하얀 손들고
칠층팔각석탑에는
코끼리 눈동자 들어
연꽃 문양도 마당귀까지 내려와
웃고 있네

약수 한 모금 마시고
석양을 반쯤 이고 내려오는 길

노란 산국(山菊)
붉은 천년초
보랏빛 용담
나보다 먼저 내려와서
기다리네

오늘은
석탑과 눈을 맞추고
가을 향기
아주 좋을 때 헤어져야지

____

* 원효대사가 지었다고 전해지는 절.(남양주 소재)

박
정
필

해남 미황사 1
해남 미황사 2
해남 미황사 3
월출산
가을 스케치

전남 완도 출생
한국문협 회원
국제펜클럽 한국지부 회원
경찰문예대전 시 입상
한국공간수필가협회 회원
제7회 화랑문예전 현상공모 수필 입선
시집 「숨 죽여 뛰는 맥박」 「섬 안의 섬」
수필집 「경찰과 시인의 세상 이야기」 등

해남 미황사* 1

땅 끝 줄기에
천년세월 이어온
은은한 풍경소리

숨찬 들머리
동백 숲 붉은 함성
고요를 깬다

등뼈 닳은 돌층계 서면
은비늘 세운 서해바다 저만치
꿈 부푼 섬들이 출렁대고

응진전 뒤편
기암괴석들 천형인 듯
하늘을 떠받고 서 있네

법당에 넘친

불경 소리에

백팔번뇌 사른 풍류객

‘善卽佛’ 법어가
꽃향기처럼
온 누리를 적신다

---

* 땅 끝에 있는 신라 때 창건된 절

해남 미황사 2

금강산 쌍둥이
달마산 골에
흐르는 불심

산사 뜨락
설화 잉태한 사적비가
가슴을 헤집는다

대웅전 안
소망 담은 연등들
세월 모르게 영글고

풋풋한 풀 향기
동박새 지저귐이
사유의 꽃으로 핀다

세속 등진 행자승
낭랑한 불경소리가

극락정토 넘나들 때

잠시간
세상 짐 벗어 놓고
부처님 품에 안긴다

해남 미황사 3

박정필

시린 삶을 녹인
부처의 자비
햇살같이 흩어지고

고승 잠든 부도전에
옛님의 아련한 자취
눈시울이 뜨거워진다

하늘로 날 듯한
단청빛 비늘 벗겨진
대웅전 용머리 추녀

살갗 튼 주춧돌에
숨쉰 듯한 거북이와 게
청해바다로 갈 것 같다

보고 돌아서면
다시금 가고 싶은

산꽃 흐드러지게 핀 산사

인연과 그리움이
속살로 스며들어
가슴을 흔든다

월출산

가을빛 혼절하는
월출산을 오르면
억새숲도 고개를 흔든다

텃새 함께 살아온
산꽃은
혈색 핀 누님 얼굴처럼 곱고

골마다 농익은 열매 향기가
코끝을 찌를 때
나무들은 부끄럼 없이 옷을 벗는다

미운 안개 걸린 등줄기
살갗 튼 암석 틈에
孤山* 詩魂이 화석처럼 새겨있고

천왕봉 딛고 서면
노을에 타는 정겨운 고을들

옛 그리움이 피어난다

영산강 줄기 저편
삼학도 떠난 鶴도 찾아와
천년세월 새 둥지를 틀고 있다

<hr>

* '어부사시사'를 지은 윤선도의 호

가을 스케치

코발트빛 하늘자락
들꽃 향기가 물들고
길쭉한 논배미에
떨어진 땀방울
금빛 물결로 출렁거린다

풀벌레 울음소리는
맨살 헤집으며
혈관 깊게 숨어들고

어디선가
바람 한줄기 달려와
홀로 취한 가을빛 산
옷고름으로 풀어헤칠 때
잎새들은 세월의 강으로
줄이어 투신한다

신 영 옥

충북 괴산 출생
한국문인협회·국제펜클럽 한국본부·한국현대시인협회
·한국아동문학연구회·한국가곡작사가협회 회원
문학과의식 문학상(1994)·허난설헌문학상(1995)
·영랑문학상 본상(2004년) 수상
국민훈장 동백상 서훈(1998)
저서「오늘도 나를 부르는 소리」「흙 내음 그 흔적이」
    「스스로 깊어지는 강」외 공저 다수
가곡〈그리움이 쌓이네〉외 다수

스스로 깊어지는 강 1

- 물방울

사랑은
강물로 흐르는 물방울이어라

날개가 없어도
눈이 없어도
그대 곁에서 하나가 되어
땅속을 흐르는 물줄기이어라

사랑은
샘물처럼 솟아나
목마른 이 목을 축여주고
산천계곡 누비며 맛보는
기쁨과 슬픔이
삶의 여정 위에 영롱하게 피어나
꽃이 되고
열매가 되는
진실이어라

스스로 흐르는 강을 따라 나서면
사랑은
억만년 흐른다 해도
변할 수 없는
물줄기이어라

스스로 깊어지는 강 2

— 물은 영(靈)이다

물은
저 혼자 태어나서
저 혼자 길을 열고
막힌 곳을 뚫어 가며
스스로 깊어진다

흐르면서
씻어 내는
그 많은 더러운 것
흐르면서
가꿔가는
그 많은 생명들

물은
목숨이고
죽음이다
다시 태어나는
소생의 기쁨

흙이고
바람
저 넓은
우주의 영(靈)이다

가을 여행 1

갈바람에
나뭇잎이 곱게 물들면
산빛따라 어디론가
떠나고 싶다

목적지가 어디이든
만나는 이가 누구이든
풀어 놓는 가슴속이
들국화 같다면
그와 나
바라만 보아도
산이 되고 물이 되어
잡은 손이 따뜻해 질 거다

가방 가득 가을을 담자
그리고 떠나자
봄 여름 가을 겨울
넘치거나 모자람이 없도록

밝은 눈이 되고
귀가 되고
해맑은 목소리의 풀벌레가 되어서
함께 흐르는 기쁨을 노래하자
녹슬지 않는 내일을 위하여

가을 여행 2

— 갈대의 노래

낮익은 들길로 이어지는 소리다

속살이 엮어내는
바람의 울림이다

봄볕에 부드러운 바람이 일고
태풍을 이겨내는 여름
인내와 끈기로 버티면서

때로는 칼날을 세워보는 꿈을 꾸다가도
뿌리 밑에 고이 간직한 침묵을
해와 달처럼
꽃으로 피어내는 보람
그렇게
사랑을 잉태하기로 한
다독임이다

가을볕 짙게 내린 언덕

숲속에 묻어 놓은 발자국을 따라
마른 몸을 일으켜 세우는
청청한 가슴 소리

우우 우우우
서로 얼싸 안고 부대끼며
다시 일어서고

삶의 진실을 일깨우는
은빛 여울의
부드러운 가슴이다

가을 여행 3

— 이 가을에

이 가을에 기도하게 하소서

아낌없이 비워내는
나뭇가지 위로 또 다시
꽃눈을 품어 안는 나뭇가지
그것을 사랑하게 하소서

깊은 밤 하늘
반짝이는 별을 바라보고
점점이 이어지는
즐거웠던 일과 괴로웠던 일들이
유성처럼
그냥 흘러가게 하지 마시고
그들이 주는 의미로
새싹 틔울 밑거름이 되게 하여주소서

테러와 전쟁
그 어느 것도 아무런 의미가 없는 일임을 알고

아름다운 이 세상에 살게 됨을
감사할 줄 알게 하소서

한 알의 능금이 주어지는 것도
한 생명이 태어나는 것도
어두운 밤 불 밝힌 집안에서
가족이 모여 이야기꽃을 피우는 것도
모두 사랑의 터전에 세워지는 것임을
되새기게 하여주소서

밀알을 심으면 밀알을 거두고
폭탄을 뿌리면 폭탄을 거두어야 함을
우리는 알고 있습니다

눈 속에 피어나는 복수초와 매화꽃을 기
억하고
이 세상을 더욱 아름답게 가꾸며
살아가게 하여 주소서

우포 늪
섬 그 카프리에서
사랑의 고뇌
아가야 햇덩이
그때 그 길

여명옥

한국문인협회·국제펜클럽 회원
구로문인협회 부회장
문예한국 이사
전국청소년 청하백일장 운영위원
시집 「도시로 내려 온 나무」 「눈을 감아도 눈이 부시다」
　　외 공저 다수
여명옥 문학도서관 : http://ymo.kll.co.kr

우포 늪

하늘 위의 하늘
그리고 그의 바다
우포늪은
은하계의 거대한 영상 스튜디오

수초가 흔들리는 밤엔
달빛도 길을 잃어

연출과 연기의 플러그가
천 천 천만년을 읊조리며
읊조리며 살아 좋은 하늘
하늘 위의 하늘

섬 그 카프리에서

나포리만의 테레니아해협은
망망대해
에메랄드 물빛
출렁이는 점 하나
나르는 양탄자를 타고

바람 한 올 당겨
이름표 달고
싸이렛의 감미로운 연주를 음미하며
5대 유적지의 주인공들과
하늘궁전에서 웰빙 만찬을

부서져 내리는 태양빛 아래
무지개 일곱 빛깔 시어들이
동영상 화면 가득
하늘을 나르는 섬
그 카프리에서

사랑의 고뇌

하이드 파크 광장에 비는 내리고
세운 깃에 긴 목
움츠릴 때마다
빗물 따라 흘러내리는 사랑의 고뇌

빅토리아 여왕의
요란한 말갈기 소리에
황금 장식의 옷자락을 휘날리며
젊은 날의 앨버트 공*은 말이 없네

검은 레인코트에 검은 우산
월터루부릿지의 두 사랑의 그림자도
빗물처럼 흘러 흘러서
데임즈 강물 다라 역류하네

---

* 빅토리아 여왕은 18세에 16세인 앨버트 공을 연
모 2년간 구애 끝에 29년간 결혼 생활.
9명의 자녀를 남기고 장티푸스로 요절, 5년간 두
문불출 상심 끝에 남편을 추모하는 80여만 평의
공원에 동상과 길 맞은 편 세계적인 로열 앨버트
공연장등을 건립.

아가야 햇덩이

아가야
엄청난 충격은
이 세상에 단 하나
날마다 네가 토해내는 햇덩이
아장아장 소망 줄이다
후기 모더니스트
영원한 포스트모더니스트다

아가야
지금까지의 길을
아바이 어머이의 길을
두 번 다시 걷지 말거라

네가 미소 지으면 하늘이 개고
네가 옹알이 하면
온 세상이 다 황금보석

아가야
네가 엄마야를 부르고
아빠야를 불러
네가 한 발짝 뛰고 두 발짝 뛰면
천하가 다 내 것
우주 가득 차오르는 아가야
아가야

그때 그 길

그때 그 길
꽃잎이 흩날리던 길
지금도 산새는 울고 있을까
밤이슬에 젖고 있을까

숲속의 작은 시내
돌다리를 건널 때
청머루빛 하늘에 가슴 젖어
무지개 일곱빛갈 나누며 걷던 길

나뭇잎 떨어지고
눈보라 휘날려도
눈에 어리는 그 얼굴 그 눈망울
해지는 줄 모르던 그때 그 길

호칭
어느 날의 자화상
복권을 사면서 2
꿈을 먹는 사람들

국제펜클럽 한국본부 기획위원
한국현대시인협회 중앙위원
순수문학 편집위원
한국문인협회 회원
제8차 동북아기독자협의회 세미나(' 95 일본 동경 개최) 시
한국 측 생존자 시인 대표로 초청 됨. (본인의 작품 「가면
놀이」와 「폐차장에서」를 박정희 교수와 中村不二夫 교수
가 각각 발제함)
제3회 영랑문학상 수상
한국방송대학교 국어국문학과 졸업
저서 「가면 놀이」「습기를 말리며」「그녀를 소각한다」
        「한반도를 적시는 고구려의 숨결」외 공저 다수
논문 〈김경린론 발표〉(문예한국 2000년 봄호)

호 칭

오늘도 나는
미화원 아저씨의 부인에게 사모님이라고
부른다
자기 일에 온통 땀을 쏟는 이의 부인에게
어울리는 호칭이기 때문이다

나는
구두수선공 이씨에게 정중히 사장님이라
고 부른다
희끗희끗 눈발이 섞인 머리카락 아래
빛나는 거친 손등이 위대해 보이기 때문이다

또 나는
이분을 하느님이라고 부른다
얼굴도 모르는 사람에게 콩팥도 각막도
간까지 떼어주고
망치를 잡을 힘마저 소진한 어느 목수
2000년 전 이름 없는 목수의 아들로 태어나

온 우주에 따스함을 채워준
그분의 눈빛을 보았기 때문이다

그러나
기개가 박혀있는 뼈대와
정감이 스며있는 살점
샘물처럼 반짝이는 정신은 모두 어디로 가고
욕심같이 늘어나는 가죽껍데기만 남아

하늘이 푸른지 흐린지조차도 분간 못하면서
현란한 혓바닥만 가득한 가죽껍데기로 표
밭을 헤집는 자들과
잔뜩 바람들어 풍선처럼 부풀은 몸뚱이를
허공에 매다는 자들
그리고 위선으로 가득 채운 가죽주머니를
겉멋을 들여 포장하는 자들

나는 이들을 깍듯이 선생님이라 칭한다

어느 날의 자화상

거울을 본다
불쑥
도깨비 하나가 고개를 든다

가슴 속 옹달샘에는
언제부터 구렁이가 자라고
영악하게 살아가는 이치라도 터득한 듯
손가락마다 위선의 털을 세우며
더욱 분주히 계산기를 두드리는 것인지

더러는 죄에 물들고
날이 선 혀에 무수히 베이기도 하지만
그때마다
시궁창을 지나가기 때문이라 우기면서
흉하게 변해가는
모습

모가 난 자갈도

바람에 부대끼며 물에 씻기며
나중에는
곡선을 이루어 스스로 아름다운데

풀잎처럼 미끈하던 이마와
눈
코
입
해마다 패이고 일그러지고
에이……

복권을 사면서 2

밤새
똥밭에서 뒹군 꿈을 꾸고
복권을 사러 오신 동네 할머니
팔순 주름마다
무슨 씀씀이가 그리도 많이 남으신 것일까

오늘도 종일 오물을 뒤집어쓴다
냄새가 나는 모든 것들
왜 번번이
철책 너머로
금화를 가득 물린 비둘기만
죄 없이 날려보내고
세상은 여전히
구호나 외치던 삼류급 아마추어들이
판을 치는 것인지
등신외교로 돌아온 어설픈 어가행렬
중심을 잡지 못한 하루가 또 흔들린다

꿈에 오물이 묻으면 운수 대통이라는데
벌건 대낮에
똥더미에 주저앉아
복권이나 한 장 사볼까

꿈을 먹는 사람들

가느다란 어깨에
하루를 동여맨 사람들이
복권을 사들고
저마다 생각에 금빛 날개를 단다

어쩌면
청량음료수를 가볍게 마시는 기분으로
혹은
시린 가슴 위로 소주잔을 돌리는 마음으로
로또의 숫자를 채워가지만
결코 허물어질 수 없는
오늘

종종 걸음으로
아침을 모으는 참새처럼
발꿈치에 혈관을 세워
잠시 숨을 고르는지도 모른다
또 다른 내일을 꿈꾸며

낙엽
나의 꿈은
그해, 가을
　　　장마
이상한 도시

경북 청도 출생
문예한국 등단
한국방송대 국어국문학 졸업
현대시인협회 회원

낙 엽

영락기도원 가는 언덕
돌층계에
한 여자가 엎드려 울고 있네
비에 젖은 가슴 열고
붉은 죄 고백하네
바람과 한통속이 된 죄, 햇볕을 유혹한
죄, 이웃을 탐한 죄, 교만한 죄…
마지막 벼랑 끝에서 드리는 참회의 기도가
먼 소실점에 닿을 때
이윽고 삶을 완성하는 소리, 선명한
늦가을 오후,

나의 꿈은

가을이 머문 숲길에 가면
향기로 다가오는 당신을 만납니다
노을빛 나뭇잎과 이름모를 풀과 들꽃들
당신의 향기로 눈부십니다
낙엽진 산길에서 귀를 열면
바람결에 흐르는 당신의 음성을 듣습니다
키를 낮춘 나무와 새들도
겸손히 무릎을 꿇었습니다
어느새 발밑에 낙엽이 쌓이고
낙엽처럼 은총이 쌓이는 시간
이 가을 나의 꿈은
당신의 향기로 물드는 들꽃입니다
당신의 숲속에서 꿈꾸는 새입니다

그해, 가을

서둘러 왔습니다. 이별은
눈빛 한번 나눌 겨를도 없이
마음 한 자락 펼 사이도 없이
가을 산빛처럼 그렇게 왔습니다.

평생 먼 길 한 번 가신 적 없는 어머니
짧은 가을해 만큼이나 잰걸음으로
긴 여행 떠나셨습니다
붉은 노을 속으로 꿈꾸듯 가셨습니다.

기억의 맨살 더듬으면
들꽃으로 피어나던 어머니 미소
어느 새 내 존재의 빈 집에
마른 꽃잎만 날립니다.

그해 가을 나는
낙엽처럼 서성이던 바람이었습니다.
생생한 부재만 끌어안은 백치였습니다.

장마

　세상의 길들 모두 모여드네. 홀씨를 터트리던 바람 잠시 길을 잃고, 낮은 음으로 흐르던 상처들이 저를 지우네. 그리움에 닿지 못한 생각들이 귀를 열고 흔들리는 슬픔 한 채씩 내려놓는 저녁, 젖은 꽃잎들도 낮선 길을 떠나네. 슬픔은 언제나 낮은 곳으로 흐르듯 우리의 길도 저처럼 흐를 수 있다면 먼 바다에서 푸른 꿈으로 피어나리. 밤이면 따듯한 불빛 따라 돌아갈 길, 한줄기 바람이 내어주네, 눅눅한 시간이 문을 열자 부르지 못한 이름들이 꽃씨처럼 줄지어 떠나네.

이상한 도시

배경은 없다
흔들리는 중심이 있을 뿐
만삭의 바람이 부는 도시는
사막이다.
비가와도 젖지 않는 사막엔
더 이상 꽃이 피지 않는다

배경이 없는 삶도 있을까

저마다 목청을 높이지만
귀를 여는 사람은 없는 세상
오직 길은 하나인 듯
음모를 꿈꾸며
가속 폐달을 밟는다

따스한 가슴 한번 열어 본적 없는,
바람에게 어깨 한번 내어 준적 없는 사람들
뿌리 없는 중심이 되기 위해

안테나를 세우고
견고한 날개를 만든다.

중심은 언제나 배경이 만드는 것
배경이 중심이 되기도 한다는 것을
고도근시의 눈으로는 보지 못한다
지극히 낮은 자를 높이신다는 그분의 말씀은
언제쯤이면 가슴에 푸른 잎새로 돋아날까.

오 해피 데이
산정폭포에 걸려있는 삶
2004. 10. 7 AM 2시
썩고 지고 죽고 지고

부산 출생
한국문인협회·현대시인협회·국제펜클럽 회원
시집 「지금은 AM 5:32」 「해를 입은 여자」
   「그렇게 시간을 세척하며」
      (공저) 「꽃과 목숨」 「또 다른 여정」 등

오 해피 데이

— 결혼하는 딸에게

네가 태어나던 한국의 그 겨울은 따뜻했었네

뜨거운 네 아버지 사랑의 온도로…

너의 푸른 꿈을 찾아 달려온 뉴질랜드

어제 엄마는
후진 웰링텐행 비행기를 타며
다소 실망하여 한숨지었지만

마중 나온 너의 킴을 본 순간
갑자기 웰링턴의 거리가
아름답고 정겨운 도시로 다가오더군.
낮은 건물과 손 내밀면 닿을 듯한 바다를 끼고
2차선으로 달리는 차 속에서
운전하는 킴의 긴 속눈썹이 어쩌면 삼십 여년 전

내가 사랑하고 선택한 네 아빠와 꼭 닮았
기 때문일까.
그리고 카페의 만찬과 킴, 가족의 좋은
인연의 만남
너의 아름다운 친구들
웰링톤의 바람소리 요란하여도
오, 행복한 날!
노랑, 하양의 야생화 흔들리는 언덕 아래
푸른 잔디 보이는 창가에서 이 글을 쓰며
나는 기도 한다네
하느님 아버지 감사합니다.
아버지께서 맺어주시는 두 사람, 사랑이
갈라놓지 않게 하시며
일생동안 부부가 여호와를 송축케 하옵소
서 (아멘)

산정폭포에 걸려있는 삶

페인트 냄새마저 싫지 않은 공간에서
청록의 커튼을 가르면

숲은
방금 욕실을 빠져나온 여인처럼
길고도 푸른 머리카락을 휘날린다

세련된 세댁의 살림살이로
불꽃도 없이 맛있는 삼겹살을
쟁반 가득 구워내고

시인들의 가슴을 부딪치는 열기
하이트의 새파란 스티커를 탈색시킨다

안개 속 풍욕 하는 그 여자 이야기와
해변의 정사를 꿈꾸는 그들
그리고
유년의 뒷산 넓은 바위를
사랑하는 눈이 큰 소녀는

장밋빛 이부자리의 유혹에도
결코 잠들지 못 한다

새벽의 산책로
그 폭포 위에는 우주로 가는 듯한 다리가 있다

그 곳을 지나가는 K와 S가 보인다

나는 반가움에 소리쳤지만
물소리 때문인지
그들은 도무지 알아듣지 못 한다

나는 보았다
지구와 지구 밖의 경계 같은 것을

나도 숲 속의 돌계단을 뛰어 넘고 그곳에 간다

왼쪽의 산정 호수
푸른 광장처럼 펼쳐지고
바른 편 무릎 아래에는
조금 전 내가 안타깝게 부르던 삶이
폭우에 부서진 텐트처럼 걸려있을 뿐이다

2004. 10. 7 AM 2시

— 오클랜드발 인천행 비행기에서

이 세상 오직 두 조각
나의 분신 중 하나는
아메바처럼 또 다른 세포로
뉴질랜드의 초원에 둥지를 틀고
새 아들로 돌아 온 Khiem의 얼굴은
옛날 내가 잃었던 한 쪽 날개마냥
가슴에 박히며
누에고치처럼 풀려 가는데
태평양의 밤하늘
어둠속에서 더욱 빛나는 별들을 보았네
「시란……. 남국의 야자수 달빛 아래서
오빠는 이 글을 쓴단다」
사랑만으로도 너무나 짧은 세월
우리는 왜 범죄하며 아파하는가
"Dear God"
"샬롬"

썩고 지고 죽고 지고

옥합을 깨뜨린 마리아처럼
나의 긴 머리 풀어
당신의 발을 씻는
꿈을 꾸지만

'가련한 나의 신부야!'

손 내미신 주님은
영원한 나의 친구
썩기 위해 죽었더니

성령 충만,
은사의 옷을 입혀
통곡하며 춤을 추네

이 썩을 것이
썩지 아니함을 이Q다니
웬일인가요

청령포에서
그 표를 구하지 못한 사람들
아내를 별이라 부르는 사람
종국이 오빠 3

현대시인협회 회원
한국문인협회 회원
국제펜클럽 회원

청령포에서

만안지상 높은 자리 초막보다 추웠으리
한 서린 눈물 곤룡포 적실 때
하늘도 천둥도 울었다

범부의 꿈마저 저지당한 채
먼 길 유배지도 님의 몫이 아니었던가
금표비 테두리에 갇혀
절규하던 단종 임금
청룡포의 관음송은 눈도 귀도 막아버렸던지
처절한 몸부림 얼키고 뒤틀리며
노송줄기 따라 탐욕의 역사를 새겼다

천길 낭떠러지 망향대에 올라
한양 바라보며 목 놓아 부르던 이름
나무들도 바람을 따라 울며
서울로 가지를 뻗었다

한 몸 누일 땅도 없이 강물 위를 떠돌던 옥체
이제는 장릉에 묻혀 깊은 안식에 들었지만
그 넓은 푸른 물살에 슬픈 얘기를 풀어낸다

그 표를 구하지 못한 사람들

아직도 고막을 두드리는 그을린 목소리
타는 기침소리 환청으로 남아
가족들의 체액을 말리고
365일은 강력 세제처럼
그날의 참상을 지웠다

다시 길을 여는 중앙로 전철역
안전은 검증된 것인지
분노도 과식도 시간 속으로 매몰 되어 가고
전동열차는 그 이전과 같이
빛을 쏟아내며 지하도를 달리고 있다

그 곳으로 가는 길은 어디쯤에서 끊어졌을까
돌아 올 곳을 남겨두고 시민들이 떠나간 도심
그 표를 구하지 못한 사람들은
녹아내리는 목숨을 재단 위에 뿌린다

아들의 허울 앞에 세뱃돈을 놓아도

딸의 흔적을 붙잡고 수없이 정신을 놓아도
살아있을 수밖에 없는 슬픔
숨어 우는 법을 익혀가는 사이
생존의 의미는 무게를 잃어가고 있었다

그들이 건너 가 버린 망각의 강은 어디일까
타임머신을 타고 헤매어도
찾아내지 못한 레테의 강나루
껍질을 부수고 날아 가버린
자식의 그림자를 끌어안고
나비집을 짓고 있는 지은이 아버지
가슴에 묻힌 분신들의 무덤에는
언제쯤 잔디가 돋아날지

아내를 별이라 부르는 사람

— 미미조경 김규학 유덕순 부부이야기

들판을 지날 때나 숲길을 걸으면
더욱 초롱 해지는 눈빛
스쳐 지나쳐 버리는 것들도
그들의 시선에 잡히면
산이 되고 폭포가 되어 나비가 되기도 한다

작은 가지 하나도 꽃잎 하나라도
분신처럼 쓰다듬으며
자연 속에 파종된 솜씨는
또 다른 멋으로 신의 정원을 꾸민다

아내를 별이라 부르는 사람
그녀는 북극성 같은 그의 별자리
잠시라도 그 시야를 비우면
표류하는 배처럼 별을 찾는다

깊어가는 금슬로 사랑도 조경하며
땀 흘린 댓가만이 그들의 몫으로 여길 뿐

마음이 가난한 사람들
'심령이 가난한 자는 천국이 저희 것' 이
라고
머리와 입술만 뜨거운 사람들의 가슴에
불씨를 묻으며
비움으로 채워지는 이치를 밝힌다.

종국이 오빠 3

고향 내음이 그리워
콘크리트 옥상가지 토양을 일구던 종국이 오빠
그 육신을 파고 든 돌덩이 들이
생명선을 넘볼 때 쯤
일손을 놓았다

이별 노래 같이 바람도 마이너로 울던 11
월 끝자락
맺은 인연의 끈을 놓아버리기 전
한번만 더 그 모습들을 보고 가고 싶다고…

손을 잡은 채
주고받을 수 있는 것은 침묵 뿐
가물거리는 시간을 잘라먹는 시계바늘 소리는
사자의 발자국처럼 무거운 음색으로
방안을 서성인다

진통제로도 마약으로도 누를 수 없는 통증에

골수가 녹아 내려도
동생에게 눈을 줄 수 없는 것이 더 아픈
거라고
가늘게 흔들리던 목소리에
수문같이 열려버리는 오열

눈을 감으면
꿈길을 어지럽히며 진액을 짜먹는 망자들
의 행렬
입안이 타도록 나무아미타불을 염송하며
그를 가두었던 57년의 장막이 붕괴되는 순간
주님의 손을 붙잡는다.

그 영역에 묻힌 비밀한 것들도 가녀린 목
숨을 적시며
허스기야 왕처럼
변경된 지구의 각도 위에서
믿음의 반석을 다지고 있다

구순자	121-230 서울시 마포구 망원동 384-28 망원빌라 501호 (02)334-3348 / 011-9132-3348
권혁상	411-837 고양시 일산구 장항2동 코오롱레이크폴리스Ⅱ A동 419호 011-223-5121 / 050-555-22222
김미현	121-842 서울시 마포구 서교동 466-3(4층) 011-476-5952
김명옥	462-130 성남시 중원구 성남동 산 12. 성일중학교 (031)754-4705
박자경	302-223 대전시 서구 탄방동 한양아파트 7동 401호 (042)482-5062 / pjky7@hanmail.net
박정애	156-093 서울시 동작구 사당3동 708-690 한독약국 (02)537-5156
박정필	403-080 인천시 부평구 산곡동 우성5차아파트 502동 1505호 011-329-8192
신영옥	156-011 서울시 동작구 신대방 1동 565 우성아파트 17동 201호 (02) 848-3622 / 011-9368-3622 / 3917young@hanmail.net
여명옥	152-051 서울시 구로구 구로1동 685-124 중앙하이츠A 1동 301호 (02)855-9779 / 019-369-2213 / yhomyungok@hanmail.net
유선민	152-838 서울시 구로구 구로5동 3-13 태영타운 106-1304호 011-215-8981
이경숙	136-020 서울시 성북구 성북2동 330-339 (02)742-6695
이계설	450-151 평택시 비전동 598-4 (031)652-0777 / 019-322-0777
이선숙	132-032 서울시 강북구 번3동 242 주공1단지A 101동 504호 011-9762-9989
이영숙	136-752 서울시 성북구 돈암동 609-1 한신A 111동 103호 (02)921-1073 / 011-417-1073 / ysl921@hanmail.net
이행자	403-080 인천시 부평구 갈산동 181 세종빌라 20동 101호 010-7922-5002
조임숙	151-010 서울시 강서구 화곡본동 57-27 (02)694-0039 / 016-245- 0039 / meokano@hanmail.net

탈후반기 제14집
아직도 고막을 두드리는 목소리

초판 인쇄 2004년 12월 27일
초판 발행 2004년 12월 29일

지 은 이 탈후반기 동인
펴 낸 이 권혁상
펴 낸 곳 시지시
등   록 제2002-8호(2002.2.22)
주   소 ㈜411-837 고양시 일산구 장항2동 749.
          코오롱레이크 폴리스Ⅱ A동 419호
전   화 050-555-22222 / (031)812-5221
팩   스 (031)812-5121
사 이 트 http://www.sijisi.com
이 메 일 sijisi@sijisi.com
          sigaek@korea.com

값 6,000원

ⓒ 탈후반기, 2004
ISBN 89-91029-08-6 03810